Héry (Château d') 1874. Janvier 12

BIBLIOTHÈQUE DU CHATEAU D'HÉRY

SECONDE PARTIE

CATALOGUE

D'UNE BELLE

COLLECTION DE LIVRES

ANCIENS ET MODERNES

DONT LA VENTE SE FERA

Le lundi 12 janvier 1874, et les jours suivants
à sept heures du soir

Maison Silvestre, rue des Bons-Enfants, 28

SALLE DU PREMIER

Par le ministère de Me Delbergue-Cormont, commissaire-priseur
Rue de Provence, 8

On vendra le 15 janvier de nombreux lots de bons livres non catalogués.

PARIS
LIBRAIRIE TROSS
5, RUE NEUVE-DES-PETITS-CHAMPS, 5

1874

Paris. — Imprimerie de Georges Chamerot, rue des Saints-Pères, 19.

CATALOGUE

DE LA

BIBLIOTHÈQUE DU CHATEAU D'HÉRY

SECONDE PARTIE

ORDRE DES VACATIONS.

PREMIÈRE VACATION.

Lundi 12 *janvier.*

212 — 263
57 — 99
1 — 19

DEUXIÈME VACATION.

Mardi 13 *janvier.*

20 — 56
100 — 162
351 — 372

TROISIÈME VACATION.

Mercredi 14 *janvier.*

163 — 211
264 — 350

QUATRIÈME VACATION.

Jeudi 15 *janvier.*

Nombreux lots
de bons livres.

Il y aura chaque jour de vente, de 2 à 4 heures, exposition des livres qui seront vendus le soir. Il n'y aura pas exposition pour les lots qui seront vendus le jeudi 15 janvier.

Paris. — Imprimerie Georges Chamerot, rue des Saints-Pères, 19.

BIBLIOTHÈQUE DU CHATEAU D'HÉRY

SECONDE PARTIE

CATALOGUE

D'UNE BELLE

COLLECTION DE LIVRES

ANCIENS ET MODERNES

DONT LA VENTE SE FERA

Le lundi 12 janvier 1874, et les jours suivants
à sept heures du soir

Maison Silvestre, rue des Bons-Enfants, 28

SALLE DU PREMIER

Par le ministère de Me Delbergue-Cormont, commissaire-priseur
Rue de Provence, 8

On vendra le 15 janvier de nombreux lots de bons livres non catalogués.

PARIS
LIBRAIRIE TROSS
5, RUE NEUVE-DES-PETITS-CHAMPS, 5

1874

CONDITIONS DE LA VENTE.

Les livres devront être collationnés sur place, dans les vingt-quatre heures de l'adjudication. Passé ce délai, ou une fois sortis de la salle de vente, ils ne seront repris pour aucune cause.

Les acquéreurs payeront 5 % en sus des enchères, applicables aux frais.

CATALOGUE

DE LA

BIBLIOTHÈQUE DU CHATEAU D'HÉRY

SECONDE PARTIE

I. THÉOLOGIE.

1. Biblia sacra latine, sive insigne Veteris Novique Testamenti opus, cum canonibus euãgelistarumque concordantiis. *In oppido Nurnbergen., per Antoniū Coburger*, 1478, gr. in-fol. goth. à 2 col. rel. en bois, rec. de peau de tr. gaufr.

Très-belle Bible, imprimée en gros caractères.

2. Biblia sacra, vulgatæ editionis. *Coloniæ Agrippinæ, B. Gualterus,* 1647, in-8 à 2 col. veau rac. tr. dor.

Belle Bible, imprimée en petits caractères.

3. Biblia sacra latina, vulgatæ editionis. *Coloniæ, apud Jo. Nauclerum*, 1679, 6 vol. pet. in-12, front. grav. veau fauve, fil. (*Rel. anc.*)

Édition microscopique. Bel exemplaire.

4. Bibliorum sacrorum vulgatæ versionis editio, clero gallico dicata. *Parisiis, excudebat Fr. Ambr. Didot*, 1785, 2 vol. in-4, v. fil. tr. dor.

Tiré à 250 exemplaires.

5. Sainte Bible, traduite sur les textes originaux, avec les différences de la Vulgate (par Le Gros). *Bruxelles,* 1757, 6 vol. pet. in-12, veau gr. fil. dos orné.

6. Sacrorum Bibliorum vulgatæ editionis concordantiæ, recensitæ atque emendatæ a Franc. Luca. *Coloniæ Agrippinæ*, *Balt. ab Egmond*, 1684, in-8, frontisp. gr. v. br.

Édition admirablement bien imprimée.

7. L'Histoire du Vieux et du Nouveau Testament, représentée avec des figures et des explications édifiantes. Dédiée à Mgr le Dauphin par le sieur de Royaumont. *Paris*, *Pierre Le Petit*, 1683, gr. in-4, grav. en taille-douce, vélin. (*Quelques légères taches.*)

8. L'Histoire du Vieux et du Nouveau Testament, représentée avec des figures et des explications édifiantes, par feu monsieur Le Maistre de Sacy, sous le nom du sieur de Royaumont. *Paris*, *P. de Bats,* 1723, gr. in-fol. fig. veau br.

9. Les Lettres de S. Augustin, traduites en françois sur l'édition nouvelle des PP. Bénédictins, par Du Bois. *Paris*, *Coignard,* 1701, 6 vol. in-8, v br.

10. Stimulus divini amoris a sancto Bonaventura editus, emendatus et correctus per Magistrum Joh. Quentin. *Parisiis*, *impensis Georgii Mittelhus.*, 1493, pet. in-8 goth. 120 ff. dont 2 blancs, veau. (*Hain*, 3480.)

11. Divini Eloquii preconis fratris Oliverii Maillardi sermones de Adventu. *Lugduni*, *Joa. de Wingle*, 1498. — Maillardi Sermones dominicales. *Lugduni,* 1498, 1 vol. in-4 goth. à 2 col. veau f. fil. tr. dor. (*Anc. rel.*)

Exemplaire la Vallière, n° 720.

12. Fructuosissimi atque amenissimi Sermones F. Gabrielis Barlete. *Parisiis*, *Jehan Petit*, 1527, pet. in-8, goth. à 2 col. veau f. (*Anc. rel.*)

13. Opus admodum insigne de aduentu Domini, de secretis secretorum nuncupatum, cum quibusdam utilissimis questionibus in unoquoque sermone noviter adjectis, a R. P. Guillermo Pepin

elaboratum. *Parisiis, apud Jo. Parvum*, 1537, in-8, goth. veau gaufr.

14. Summa angelica de casibus conscientiæ, correcta secundum primum exemplar R. P. Angeli de Clavasio. *Rothomagi, impressa p. Magistrum Petrum Violette, impensis honesti viri Petri Regnault, alme universitatis Cadomensis librarii*, 1511, in-8 goth. à 2 col. 16 ff. prél. et 368 ff. chiffr. bas.

Sur le titre, la marque de Regnault, tirée en rouge.

15. Homélies, Discours et Lettres choisies de saint Jean Chrysostome, traduits par Auger. *Paris, De Bure*, 1785, 4 vol. in-8, bas. marbr.

16. Instructions théologiques et morales sur les sacrements, par Nicole. *Paris, Desprez*, 1741, 2 vol. — Essais de morale. *Paris*, 1717-55, 8 vol. — Esprit de M. Nicole. *Paris*, 1765, 1 vol. — Ensemble 11 vol. in-12, veau marbré.

On a ajouté : la Vie de M. Nicole. *Luxembourg*, 1732, 2 tom. en 1 vol. in-12, v. f.

17. Œuvres de Massillon, évêque de Clermont. *Paris, Renouard*, 1810-11, 13 vol. in-8, brochés.

18. Dictionnaire historique des cultes religieux établis dans le monde, depuis son origine jusqu'à présent. *Paris, Vincent*, 1770, 3 vol. pet. in-8, veau marbré.

19. Cérémonies et Coutumes religieuses de tous les peuples du monde, représentées par des figures dessinées de la main de Bernard Picart. *Amsterdam, J.-Fr. Bernard*, 1723-43, 9 vol. — Superstitions anciennes et modernes. *Amsterdam*, 1733-36, 2 vol. — Ensemble 11 vol. in-fol. v.

Bel exemplaire, complet.

20. L'Alcoran des Cordeliers, tant en latin qu'en françois. C'est-à-dire : Recueil des plus notables bourdes et blasphèmes de ceux qui ont osé comparer saint François à Jésus-Christ. Nouvelle édi-

tion, ornée de figures dessinées par B. Picart. *Amsterdam*, 1734, 2 vol. in-12, cart. non rogné.

21. Mémoires, Pensées et Sentiments du Sr Jean Meslier, prêtre et curé d'Estrepigny et de Bul, en Champagne, sur une partie des abus et des erreurs de la religion chrétienne, pour être adressés à ses paroissiens après sa mort, et pour servir de témoignage de vérité à eux et à leurs semblables. In-4, veau éc. fil.

Beau manuscrit sur papier, du siècle passé, 220 pages.

22. Histoire des variations des Églises protestantes (et Avertissements aux protestants sur les lettres du ministre Jurieu), par J.-B. Bossuet. *Paris, Desprez*, 1747, 4 vol. in-12, v. br.

23. Histoire des variations des Églises protestantes, par J.-B. Bossuet. *Suivant la copie, à Paris, chez la veuve de Séb. Mabre-Cramoisy* (*à la Sphère*), 1688, 2 vol. in-12, veau.

24. Éclaircissemens historiques sur les causes de la révocation de l'édit de Nantes, et sur l'état des protestans en France. *S. l.*, 1788, in-8, veau marbré.

25. Décade de sermons, par Pierre Du Moulin. *Sedan, J. Janon*, 1637. — Deuxième Décade de sermons. *Quevilly, Centurion Lucas*, 1638, 1 vol. pet. in-8, bas.

26. Sermons sur divers textes de l'Écriture sainte, par J. Saurin. *Lausanne, Bousquet*, 1759-61, 12 vol. in-8, veau marbré.

27. L'Alcoran de Mahomet, trad. par le sieur du Ryer. *La Haye, Moetjens,* 1683, pet. in-12, frontisp. gr. v.

II. JURISPRUDENCE. — POLITIQUE.

28. Les Ordonnances, Statutz et Instructions royaulx, par feux de bonne mémoire les roys

sainct Loys, Philippe le Bel, Jehan, Charles le Quint, Charles Sixiesme, Charles Septiesme, Louis Unziesme, Charles Huitiesme, Louis Douziesme et Françoys Premier de ce nom. *Paris, Estienne Caveiller* (1536), in-fol. goth. veau gaufré. (*Note manuscrite au titre.*)

29. Les Coustumes du pays et duche Daniou. Auec le proces verbal. Publiees par Messeigneurs maistres Thibault Baillet et Jehan Lelieure. *Imprimees pour Mathurin Amat, Clement Alexandre, Leon Cailler, Jehan Le Roy et Jehan Arnoul, libraires et suppotz de luniversite Dangiers, s. l.*, 1509, pet. in-8, goth., marque de J. Arnoul, grav. en bois, rel. en peau de mouton.

30. Recueil général des lois et arrêts en matière civile, criminelle, commerciale et de droit public, par J.-B. Sirey. *Paris*, 1801-1836, 36 vol. et 1 vol. de table. Ensemble 37 vol. in-4, bas. marbrée.

31. Collection complète des lois, décrets, règlements et avis du conseil d'Etat, par J.-B. Duverger; vol. 1 à 57 et 59. *Paris*, 1824-57 et 59, 58 vol. et 2 vol. de table, demi-rel., les six dernières années broch.

32. Répertoire universel et raisonné de jurisprudence, par Merlin. *Paris*, 1812-25, 17 vol. — Recueil alphabétique des questions de droit qui se présentent le plus fréquemment dans les tribunaux, par Merlin. *Paris*, 1819-30, 9 vol. — Table générale, par L. Rondonneau. *Paris*, 1828, 1 vol. Ensemble 27 vol. in-4, bas. racine.

Exemplaire uniformément relié.

33. Arrêts, lits de justice, édits, etc., 1754-86, environ 75 pièces en 1 vol. in-4, demi-rel.

Ce recueil contient un certain nombre de pièces fort rares.

34. Factum pour les religieuses de Sainte-Catherine-les-Provins, contre les Pères Cordeliers. *Doregnal, chez Dierick Bræssem* (*Hollande*), 1679, pet. in-12, veau br.

35. Cruels Effets de la vengeance du cardinal de Richelieu, ou histoire des diables de Loudun, et de la condamnation et du supplice d'Urbain Grandier. *Amsterdam, Roger,* 1716, in-12, front. gr. veau f. (*Anc. rel.*)

36. Recueil de Mémoires concernant l'affaire Goezman et Caron de Beaumarchais. *Paris,* 1773-74, 1 vol. in-4, vél. vert.

37. Mémoires divers, 29 pièces en 2 vol. in-4, demi-rel.

Affaire Kornman et Beaumarchais, 16 pièces. 1787-89. — Mémoire pour le sieur Ricard, chanoine d'Auxerre. 1773. — Mémoire pour Guignard Saint-Priest. 1790. — Mémoire pour les Leblanc, accusés de vol et d'assassinat. 1788, etc., etc.

38. De l'Esprit des lois (par Montesquieu). *Genève, Barillot et fils,* 1748, 2 vol. in-4, veau éc. fil.

Bel exemplaire de l'édition originale.

39. Le Droit de la guerre et de la paix, par Hugues Grotius, nouvelle traduction par J. Barbeyrac. *Amsterdam,* 1729, 2 vol. in-4, veau gr. fil.

40. Intérêts et Maximes des Princes et des Estats souverains. *Sur l'imprimé à Cologne, chez Jean du Puis* (*Amsterdam, Dan. Elzevier, à la Sphère*), 1666, 2 tomes en 1 vol. pet. in-12, bas. fauve.

Pieters, p. 331.

41. Abrégé de la République de Bodin (par le président de Lavie). *Londres, Nourse* (*Lyon, Duplain*), 1755, 2 vol. in-12, veau marbr. (*Aux armes d'un cardinal.*)

42. Projet d'une dixme royale (par le maréchal de Vauban). (*Paris*), 1707, in-4, v. br.

III. PHILOSOPHIE.

43. Dionysii Longini de sublimitate liber (græce et latine). *Parmæ, in ædibus Palatinis, typis Bodonianis,* 1793, gr. in-4, cart. non rogn.

Exemplaire avec la préface dédiée à Pie VI.

44. Les Caractères de Théophraste et de la Bruyère. *De l'imprimerie de la Société littéraire-typographique (à Kehl)*, 1783, gr. in-8, veau jasp. fil. tr. dor.

45. Les Essais de Michel, seigneur de Montaigne. Edition nouvelle prise sur l'exemplaire trouvé après le décès de l'autheur. *Leyden, Jehan Doreau*, 1602, in-8, vél.

46. Les Essais de Michel, seigneur de Montaigne. *Amsterdam, A. Michiels, et Bruxelles, F. Foppens*, 1659, 2 vol. in-12, maroq. rouge, fil. tr. dor. (*Anc. rel.*)

Vol. I et II seulement. 146 millim.

47. Essais de Michel, seigneur de Montaigne, avec des notes par Pierre Coste. *Paris*, 1725, 3 vol. in-4, portr. veau br.

48. Essais de Michel, seigneur de Montaigne, avec des notes... par M. Coste. *Londres, Nourse*, 1745, 7 vol. in-12, bas.

49. De la Sagesse, trois livres de Pierre Charron. *Paris, D. Douceur*, 1607, in-8, portr. bas. verte, fil.

Sur le titre, la signature d'Étienne Baluze.

50. De la Sagesse, par Charron. *Paris, Bastien*, 1783, in-8, portr. et frontisp. gr. veau marbré.

51. La Manière de bien penser dans les ouvrages d'esprit, dialogues (par le P. Bouhours). *Paris, veuve de Séb. Mabre-Cramoisy*, 1687, in-4, veau marbr. large dent. tr. dor.

Première édition.

52. Physiologie des Passions, ou Nouvelle Doctrine des sentiments moraux, par Alibert. *Paris, Béchet*, 1825, 2 vol. in-8, fig. demi-rel. tr. dor.

53. De l'Homme, de ses facultés intellectuelles et de son éducation, ouvrage posthume d'Helvétius. *Londres, Société typographique*, 1772-73, 3 vol. in-8, veau f. fil. tr. dor. (*Belle rel. anc.*)

54. Les Veillées du château, ou Cours de morale à l'usage des enfants. *Paris*, 1784, 3 vol. in-8, veau f. fil. tr. dor. (*Anc. rel.*)

55. Cinq (et quatre) Dialogues faits à l'imitation des anciens, par Oratius Tubero (La Mothe le Vayer). *Francfort, Savius*, 1716, 2 vol. in-12, v. f.

56. Système de la Nature, ou des Lois du monde physique et du monde moral, par Mirabaud (le baron d'Holbach). *Londres*, 1775, 2 vol. in-8, v.

IV. HISTOIRE NATURELLE. — MATHÉMATIQUES. AGRICULTURE.

57. C. Plinii Historiæ naturalis libri XXXVII, cum præfatione Jo. Nic. Victorii. *Lugduni, Joa. Frellonius*, 1553, in-fol. veau f. fil. tr. dor. (*Anc. rel.*)

Exemplaire la Vallière, n° 1453.

58. Histoire naturelle de Pline, traduite en françois, avec le texte latin rétabli d'après les meilleures leçons manuscrites; accompagnée de notes critiques (par Poinsinet de Sivry). *Paris, Desaint*, 1771-82, 12 vol. in-4, veau marbr. fil.

59. Histoire naturelle de Buffon, réduite à ce qu'elle contient de plus instructif et de plus intéressant. par P. Bernard. *Paris, Hacquard, an VIII-XI*, 11 vol. in-8. fig., demi-rel. mar. r. non rog.

Exemplaire en grand papier vélin.

60. Lettres à un Américain sur l'histoire naturelle générale et particulière de M. de Buffon. *Hambourg*, 1751. — Suite des Lettres à un Américain. *Hambourg*, 1756. Ensemble 9 vol. in-12, veau marbr.

61. Histoire des Animaux d'Aristote (en grec), avec la traduction française par Camus. *Paris*, 1783, 2 vol. in-4, v.

62. Histoire naturelle des Quadrupèdes ovipares et des Serpents, par le comte de Lacépède. *Paris*, 1788-89, 2 vol in-4, fig. veau marbr.

63. Mémoires pour servir à l'histoire des insectes, par M. de Réaumur. *Paris*, *Imprimerie royale*, 1734-42, 6 vol. in-4, veau marbr. (*Aux armes de France.*)

Bel exemplaire.

64. Les Genres des Insectes de Linné, constatés par divers échantillons d'insectes d'Angleterre, copiés d'après nature, par J. Barbut. *Londres*, 1781, in-4, texte anglais et français, 22 planches color., mar. r. fil. tr. dor. (*Anc. rel.*)

65. Exposition des Insectes qui se trouvent en Angleterre, représentés sur 51 planches qui contiennent près de 500 figures, par Moyse Harris. *Londres*, 1786, in-4, fig. color. mar. r. plats ornés, tr. dor. (*Anc. rel.*)

66. Les Commentaires de M. P.-A. Matthioli sur les dix livres des Simples de Dioscoride, nouvellement traduits de latin en françoys (par Ant. du Pinet). *Lyon, à l'escu de Milan, par Gabriel Cotier*, 1561, in-fol. réglé, nombr. grav. sur bois, veau porph.

67. Regimen sanitatis compositum seu ordinatum a magistro Arnoldo de Villa-Nova. *Impressum Parisiis, per Felicem Balligault*, 1493, in-4 goth. veau f. fil. tr. dor.

Exemplaire la Vallière, nº 1707.

68. Anatomie de la tête, en tableaux imprimés, par M. Duvernay. *Paris*, *Gautier*, 1748. — Anatomie générale des viscères. — Myologie complète. *Paris*, 1746, 1 vol. gr. in-fol. avec 37 planches (dont plusieurs d'une grande dimension) en couleurs, demi-rel.

Par Jacq. Gautier d'Agoty.

69. Les Admirables Secrets d'Albert le Grand. *Lion, chez les héritiers de Beringos fratres*, 1729, pet. in-12, fig. veau br.

70. Telliamed, ou Entretiens d'un philosophe indien avec un missionnaire françois sur la diminution de la mer, la formation de la terre, etc., mis en ordre sur les mémoires de feu M. de Maillet, par J.-A. G. (Guer). *Amsterdam*, 1748, 2 tom. en 1 vol. in-8, veau f. fil. dos orné, tr. dor. (*Anc. rel.*)

71. Histoire des Mathémathiques, par Montucla. *Paris, Jombert*, 1758, 2 vol. in-4, veau br.

72. Histoire de l'Astronomie ancienne jusqu'à l'établissement de l'école d'Alexandrie, par M. Bailly. *Paris, de Bure*, 1781. — Histoire de l'Astronomie moderne. *Paris*, 1785, 3 vol. — Histoire de l'Astronomie indienne et orientale. *Paris*, 1787, 1 vol. Ensemble 5 vol. in-4, fig. veau marbr.

Collection complète.

73. Le Grant Kalendrier et compost des Bergiers, composé par le bergier de la montaigne. *Nouvellemēt imprime a Paris, chez Jehan Trepperel, s. d.*, pet. in-4 goth. à 2 col. figures sur bois, cart.

Exemplaire médiocre.

74. Récréations mathématiques et physiques, par Ozanam; nouvelle édition totalement refondue (par Montucla de Chanla). *Paris, Jombert*, 1775, 4 vol. in-8, nombr. pl. bas.

Le dernier volume contient la Physique amusante.

75. Leçons de Physique expérimentale, par l'abbé Nollet. *Paris*, 1771-75, 6 vol. — L'Art des expériences. *Paris*, 1770, 3 vol. — Recherches sur les causes particulières des phénomènes électriques, 1 vol. — Essai sur l'Electricité des corps. *Paris*, 1771, 1 vol. — Lettres sur l'Electricité.

Paris, 1770-75, 3 vol. — Ensemble 14 vol. in-12, fig. veau f. fil. tr. dor. (*Anc. rel. uniforme.*)

76. Il Newtonianismo per le Dame, ovvero dialoghi supra la luce e i colori, di F. Algarotti. *Napoli*, 1737, in-4, front. gr. veau. (*Anc. rel.*)

Avec envoi autographe de l'auteur à l'abbé Rothelin.

77. La Magie blanche dévoilée, par M. Descremps. — Testament de Jérôme Sharpe, professeur de physique amusante. *Paris*, 1786, 3 tom. en 1 vol. in-8, fig. veau.

78. Congrès scientifique de France, 2e session tenue à Auxerre au mois de septembre 1858. *Auxerre*, 1859, 2 vol. in-8, fig. br.

79. Lettres sur l'origine des sciences et sur celle des peuples de l'Asie, adressées à M. de Voltaire, par Bailly. *Paris*, 1777. — Lettres sur l'Atlantide de Platon, par le même. *Paris*, 1779. — Essai sur les Fables et sur leur histoire, ouvrage posthume du même. *Paris*, *de Bure*, 1799, 2 tom. en 1 vol. — Ensemble 3 vol. in-8, v.

80. Caroli Stephani Prædium rusticum. *Parisiis*, *Fr. Pelicanus*, 1629, mar. f. fleurdelisée, tr. dor. (*Anc. rel. avec armoiries.*)

81. Cours complet d'agriculture, rédigé par l'abbé Rozier, et continué par Chaptal, Parmentier et autres. *Paris*, *Delalain*, 1797-1801, 10 vol. in-4, nombr. pl. bas. rac.

82. Le Théâtre d'agriculture et Mesnage des champs, d'Olivier de Serres. *Paris, Huzard*, 1804-5, 2 vol. in-4, fig. bas.

83. De l'Exploitation des bois, ou Moyens de tirer un parti avantageux des tailles, demi-futaies et hautes futaies, par Duhamel de Monceau. *Paris*, 1764, 2 vol. in-4, nombr. pl. veau marbr.

84. Traité des Arbres fruitiers, contenant leur figure, leur description, leur culture, etc., par Duhamel

de Monceau. *Paris*, *Saillant et Desaint*, 1768, 2 vol in-4, fig. veau jasp. fil. tr. dor.

Exemplaire en grand papier de Hollande.

85. La Chasse au fusil, ouvrage divisé en deux parties. *Paris*, *de l'imprimerie de Monsieur*, 1788. Supplément au Traité de la chasse au fusil (par Magné de Marolles). *Paris*, *de l'imprimerie de Didot jeune*, 1791, 2 vol. en 1, in-8, fig. veau f. fil. (*Rel. anc.*)

Très-bel exemplaire.

86. Le Nouveau parfait Maréchal, ou la Connaissance générale et universelle du cheval, par A. de Gersault. *Paris, Le Clerc*, 1755, in-4, fig. veau marbr.

V. BEAUX-ARTS.

87. Réflexions critiques sur la poésie et la peinture, par l'abbé Du Bos. *Paris*, *Mariette*, 1746, 3 vol. in-12, veau f. fil. (*Anc. rel.*)

Exemplaire Soubise.

88. La Perspective pratique, par un Parisien religieux de la Compagnie de Jésus (J. du Breuil). *Paris*, *Tavernier*, 1642. — La Perspective spéculative et pratique, par Aleaume. *Paris*, 1643. — 1 vol. in-4, fig. veau br. (*Aux armes.*)

89. Schola italica Picturæ, sive selectæ quædam e Schola italica Pictorum tabulæ, ære incisæ cura et impensis Gavini Hamilton. *Romæ*, 1571, 40 pl. — 41 figures d'après l'antique, gr. par Piranesi. — 1 vol. tr.-gr. in-fol. — Tomo secondo, 80 planches d'objets antiques, bas-reliefs, vases, candelabres, etc., par J.-B. Piranesi, 1 vol. in-fol. du plus grand format. — Ensemble 2 vol. demi-rel. vél. vert.

90. Galeriæ Farnesianæ Icones ab Annib. Carracio coloribus pictæ. *Romæ*, *J. de Rubeis*, *s. d.*, gr. in-fol. vél. vert.

91. Les Amours de Psyché et de Cupidon, lithographiés d'après les dessins de Raphaël; édition ornée du poëme de la Fontaine. *Paris*, *Didot*, 1825, gr. in-fol. pap. vél. fig. sur chine, demi-rel. non rog.

Grand papier.

92. Enterrement de Guillaume-Charles-Henri Friso, prince d'Orange et de Nassau ; dessins de Cuyk, gravures par Punt. *La Haye*, 1755, grand in-fol. 41 planches, texte en hollandais et en français, veau br.

93. Figures des différents habits des chanoines réguliers de ce siècle, par le P. C. du Molinet. *Paris*, *Piget*, 1666, in-4, fig. en taille-douce, non rel.

94. Costumes des grands théâtres de Paris, année 1786, 4 vol. in-4, 48 pl. noires et color. et musique notée, bas.

95. Histoire générale, critique et philologique de la musique, par M. de Blainville. *Paris*, *Pissot*, 1767, in-4, 67 planches, musique notée, veau marbr.

96. Mémoires, ou Essais sur la musique, par Grétry. *Paris*, an V, 3 vol. in-8, demi-rel.

97. Art de préluder sur la flûte traversière, sur la flûte à bec, sur le hautbois et autres instruments de dessus, par Hottéterre. *Paris*, 1719. — Pièces pour la musette, plus une suite de pièces par accord. *Paris*, *s. d.* — Troisième suite. *Paris*, 1722. — Sonates à deux dessus, par Roberto Valentine, accommodées à la flûte traversière par Hotteterre. *Paris*, 1721. — Sonates à deux dessus, par Francesco Torelio. *Paris*, 1733. — 1 vol. in-4, mus. gravée, veau marbr.

98. Mémoires pour servir à l'histoire de la fête des fous, par Du Tilliot. *Lauzanne et Genève*, 1751, in-12, 12 pl. veau marbr.

99. De la Passion du jeu, depuis les temps anciens jusqu'à nos jours, par M. Dusaulx. *Paris, impr. de Monsieur*, 1779, 2 tomes en 1 vol. in-8, veau marbr.

VI. DICTIONNAIRES. — POETES GRECS ET LATINS.

100. Totius latinitatis Lexicon, consilio et cura Jac. Facciolati, opera et studio Ægidii Forcellini. *Schneebergæ, Schumann*, 1831-35, 4 vol. in-fol. demi-rel. veau r.

101. Dictionnaire universel françois et latin, vulgairement appellé le Dictionnaire de Trévoux. *Paris*, 1771, 8 vol. in-fol. veau marbr.
La meilleure édition.

102. Dictionnaire du vieux langage françois, par Lacombe. *Paris, Panckoucke*, 1766-67, 2 vol. in-8, veau marbr.

103. Dictionnaire comique, satyrique, burlesque, libre et proverbial, par le Roux. *A Lion, chez les héritiers de Beringos fratres*, 1752, 2 tomes en 1 vol. in-8, veau marbr.

104. Dictionnaire néologique, avec l'éloge historique de Pantalon-Phœbus (par J.-J. Bel, avec des additions par Des Fontaines et Fr. Granet). *Amsterdam*, 1756, in-12, veau f. fil. (*Anc. rel.*)

105. Les Œuvres d'Homère, trad. en français par Dugas-Montbel, avec le texte grec en regard. *Paris, Didot*, 1828-34, 9 vol. in-8, broch.

106. Odes d'Anacréon, traduites en vers sur le texte de Brunck, par J.-B. de Saint-Victor (texte grec en regard). *Paris*, *Didot*, 1810, in-8, pap vél. fig. cart. n. rog.

107. Classiques latins, éditions de Baskerville. *Birmingham*, 1772-73, 4 vol. gr. in-4, demi-rel. cuir de Russie.

Catullus, Tibullus, Propertius. — Titus Lucretius Carus. — Terentius. — C. C. Sallustius et L. Annæus Florus.

108. Publii Virgilii Maronis Bucolica, Georgica et Æneis. *Birminghamiæ, Baskerville*, 1766, in-8, front. gr. veau jasp. fil. tr. dor.

109. L'Eneide di Virgilio del commendatore Annibal Caro (publ. da G. Conti). *Parigi, vedova Quillau*, 1760, 2 vol. gr. in-8, gravures d'après Zocchi de Tardieu, Pasquier et autres, veau marbr.

110. Quinti Horatii Flacci opera. *Parisiis, e Typogr. regia*, 1733, in-24, veau marbr. fil.

111. Métamorphoses d'Ovide en rondeaux, imprimez et enrichis de figures par ordre de Sa Majesté, et dediez à Monseigneur le Dauphin. *Amsterdam, Wolfgang*, 1679, pet. in-8. grav. en taille-douce, vél.

Un nom biffé au titre. Défaut aux marges, f. J. 11 et 12.

112. Les Métamorphoses, ou l'Ane d'Apulée (avec le texte latin en regard). *Paris, Bastien*, 1787, 2 vol. in-8, figures en taille-douce, veau f. fil. (*Anc. rel.*)

113. Recueil d'épigrammes des plus fameux poëtes latins, mis en vers françois par le sieur du Four. *Paris, Olivier de Varennes*, 1669, in-12, veau gr.

VII. POETES FRANÇAIS.

114. Fabliaux et contes de poëtes françois des XIIe, XIIIe, XIVe et XVe siècles, tirés des meilleurs auteurs (par Barbazan). *Paris, Vincent*, 1756, 3 vol. in-12, veau marbr.

115. Fabliaux ou contes du XIIe et du XIIIe siècle, traduits ou extraits d'après divers manuscrits du

temps (par le Grand d'Aussy). *Paris*, 1779-81, 4 vol. in-8, veau marbr.

116. Poésies du roi de Navarre (Thibault), avec des notes et un glossaire françois (par Lévêque de la Ravallière). *Paris, Guérin*, 1742, 2 vol. pet. in-8, veau marbr.

117. Poésies de Charles d'Orléans, père de Louis XII et oncle de François Ier (publié par P,-V. Chalvet). *Grenoble, Giroud,* 1803, in-12, broch.

118. Recueil des plus belles pièces des poëtes françois, tant anciens que modernes, depuis Villon jusqu'à Benserade. *Paris, Claude Barbin,* 1692, 5 vol. in-12, veau.

119. OEuvres de Clément Marot, revues sur plusieurs manuscrits et sur plus de quarante éditions et commentées (par Lenglet du Fresnoy). *La Haye, Gosse et Neaulme*, 1731, 6 vol. in-12, veau marbr.

120. Les Délices de la poésie françoise, ou recueil des plus beaux vers de ce temps, par de Rosset. *Paris, Toussainct du Bray*, 1615, 1 tome en 2 vol. in-8, veau jasp.

121. OEuvres poétiques de Mellin de Saint-Gelais, augm. d'un grand nombre de pièces latines et françoises. *Paris*, 1719, pet. in-12, veau f. (*Anc. rel.*)

122. Les Satyres du sieur Regnier. *Paris, Martin Gobert*, 1614, pet. in-8, veau marbr.

123. Les OEuvres de Théophile. *Rouen, Cl. Malassis*, 1661, 3 tomes en 1 vol. pet. in-8, bas.

124. Poésies de Malherbe, rangées en ordre chronologique (par Meunier de Querlon). *Paris, Barbou,* 1764, pet. in-8, portr. veau marbr.

125. Poésies de M. de la Monnoye, publiées par M. de S. *La Haye, Ch. le Vier*, 1716, pet. in-8, fig. de Bleyswyk, veau.

126. OEuvres diverses de M. de la Fontaine. *Paris, Nyon*, 1729, 3 vol. pet. in-8, veau f. (*Aux armes de la comtesse de Verrue.*)

127. Fables nouvelles et autres poésies de M. de la Fontaine. *Paris, Cl. Barbin*, 1671, in-12, fig. de Chauveau, v. br.

Volume fort rare. Bel exemplaire, mais incomplet du titre.

128. Recueil de pièces du régiment de la calotte. *Paris, l'An de l'ère calotine*, 1726, pet. in-12, front. grav. broch.

129. L'Allée de la seringue, ou les noyers, poëme héroï-satirique en quatre chants, par M. D***. *A Francheville, chez Eugène Alétophile*, 1691. — La Fradine, ou les Ongles rognez, poëme héroï-satirique en trois chants. *S. l. n. d.*, 1 vol. in-12, veau gr.

130. Le Poëte sans fard, ou discours satiriques sur toutes sortes de sujets (par Gacon). *S. l.*, 1701. — Recueil de chansons choisies (par Coulanges). *Paris, S. Benard*, 1694, 1 vol. in-12, bas.

131. Recueil de chansons historiques et satiriques, en partie libres. sur la cour de Louis XIV. In-fol. 20 ff. de table et 667 pages, veau.

Manuscrit curieux, d'une belle écriture de la fin du dix-septième siècle. C'est un recueil dans le genre de celui de Maurepas.

132. Nouveau Siècle de Louis XIV, ou poésies, anecdotes du règne et de la cour de ce prince, avec des notes historiques et des éclaircissements (par Sautreau de Marsy). *Paris, Buisson*, 1804, 4 vol. in-8, demi-rel.

133. Les Philippiques (par de la Grange Chancel). In-4, veau br.

Manuscrit sur papier, du siècle passé, avec un beau dessin à l'encre au titre.

134. Poésies sur la constitution Unigenitus, recueillies par le chevalier de G***, officier du régiment de Champagne. *Villefranche, Philarète*

Belhumeur, 1724, 2 vol. en un, pet. in-8, front. grav. vél.

135. Pièces libres de M. Ferrand, et poésies de quelques auteurs sur divers sujets. *Londres*, *Harald*, 1738, in-12, veau marbr.

136. Le Chef-d'œuvre d'un inconnu, poëme heureusement découvert et mis au jour, avec des remarques savantes, par le docteur Chrisostome Matanasius (par Thémiseul de Saint-Hyacinthe). *Lausanne,* 1750, 2 vol. pet. in-8, figures, veau éc.

137. La Pucelle d'Orléans, poëme divisé en vingt chants (par Voltaire). *Londres*, 1762, in-8, fig. veau br.

138. La Peinture, poëme en trois chants, par M. le Mierre. *Paris*, *le Jay*, 1769, fig. de Cochin. — Sélim et Sélima, poëme. *Paris*, 1769, fig. d'Eisen. — La Dunciade, ou la Guerre des sots (par Palissot). *Chelsea* (*Paris*), 1764. Et autres poëmes en 1 vol. in-8, demi-rel.

139. Almanach des Muses. *Paris*, 1765-1811, 42 années differ. rel. et broch.

Manquent 1794, 1797, 1804, 1805 et 1809. Les années 1787 et 1788 sont rel en mar. r. fil. tr. dor.

140. Le Jugement de Pâris, poëme en quatre chants, suivi d'œuvres mêlées, par Imbert. *Amsterdam* (*Paris*), 1774. — Historiettes et nouvelles en vers, par Imbert. *Amsterdam*, 1774. — Narcisse dans l'isle de Vénus, poëme en 4 chants (par Malfilâtre). *Paris*, *Lejay*, *s. d.*, 1 vol. in-8, fig. de Moreau, Saint-Aubin et autres, veau éc. fil.

141. Étrennes aux gens d'Eglise, ou la Chandelle d'Arras, poëme héroï-comique en XVIII chants (par du Laurens). *Arras*, 1766, in-12, veau marbr.

142. Les Augustins, contes nouveaux. *Rome* (*Paris*), 1779, 2 vol. in-12, veau marbr.

Les deux jolis frontispices gravés portent le titre : *Contes nouveaux en vers et poésies fugitives, par M. A... Londres.*

143. Mes Nouveaux Torts, ou nouveau mélange de poésies, par Dorat. *Paris*, *Delalain*, 1775, in-8, fig. de Marillier, veau f. fil. tr. dor. (*Anc. rel.*)

144. Œuvres agréables et morales, ou Variétés littéraires du marquis de Pezai. *Liége*, 1791, 2 vol. in-16, fig. d'Eisen, demi-rel.

145. L'Art d'aimer et poésies diverses de M. Bernard. *Paris*, *le Jay*, *s. d.*, fig. d'après Eisen et Martini. — Le Temple de Gnide, mis en vers par M. Colardeau. *Paris*, *le Jay*, *s. d.*, figures d'après Monnet. Et autres pièces, en 1 vol. gr. in-8, veau jasp. fil.

146. Romances, par M. Berquin. *Paris*, *Moutardier*, 1796, 2 tomes en 1 vol. in-16, broch.

Exempl. en grand papier, avec figures avant la lettre et la musique notée.

147. Nouveau Recueil de chansons choisies. *La Haye*, *Neaulme*, 1732-35, 6 vol. in-12, musique notée, veau marbr.

148. Les Consolations des misères de ma vie, ou recueil d'airs, romances et duos, par J.-J. Rousseau. Richomme graveur pour la musique, André pour les paroles. *Paris*, 1781. — Armide, tragédie mise en musique par Lully, gravée par H. de Baussen. *Paris*, 1710, 1 gros vol. in-fol. vél. vert.

149. Recueil de chansons de société, par M. Laujon, 2 vol. in-fol. veau marbr.

Manuscrit, avec la musique notée.

150. Noei borguignon de Gui Barôzai (B. de la Monnoye). *En Bregogne* (*Paris*, *Ballard*), 1738, in-12, musique notée, bas.

151. Noei Bourguignon de Gui Barôzai, cinqueime edicion, don le contenun at an fransoi aipré ce feuillai. *Ai Dioni*, *ché Abranlyron de Modene*, 1776, pet. in-8, br.

152. Chants religieux et civiques pour les fêtes dé-

cadaires (par M. Bernard d'H.). *Paris* (1793), in-18, musique notée, br.

Trois exemplaires en papier fort, plus le manuscrit original, in-fol. vél. vert.

VIII. POETES ÉTRANGERS.

153. Il Petrarcha, con l'espositione di Gio. A. Gesualdo. *Vinegia*, *J. Vidali*, 1574, pet. in-4, fig. sur bois, veau br.

154. Orlando furioso di M. Ludovico Ariosto. *Vinegia*, *Giolito*, 1542, in-4, caract. ital. fig. sur bois, veau éc.

155. La Gerusalemme liberata di Torquato Tasso, con le annotationi di Scipion Gentili e di Giulio Guastauini. *Genova*, *Pavoni*, 1617, in-fol. réglé, fig. en taille-douce, veau f. (*Anc. rel.*)

156. Lo Tasso Napolitano, zoè la Gierosalemme libberata de lo Sio Torquato Tasso, votata a llengua nosta da Gabriele Fasano. *Napole*, *Raillardo*, 1689, in-fol. fig. en taille-douce, bas.

157. Prose e poesie del Signor Abate A. Conti, tomo primo. *Venetia*, *Pasquali*, 1739, in-4, grande planche pliée, veau jasp. fil. tr. dor. (*Aux armes d'Amelot.*)

158. Il Libro del Perchè, la Pastorella del Marino, la novella dell' angelo Gabriello, coll' aggiunta della Membrianeide, etc. *Nullibi et ubique, nel XVIII secolo* (*Parigi*, 1757), pet. in-12, veau f. fil. tr. dor. (*Anc. rel.*)

159. Œuvres de Gessner, traduction nouvelle, ornée de 52 gravures. *Paris*, *Dupont*, 1827, 4 tom. en 8 part. in-8, fig. de Moreau le jeune, br.

160. Musarion, ou la Philosophie des grâces, poëme en trois chants de Wieland, trad. par M. de Lavaux. *Basle*, 1780, in-8, fig. de Saint-Quentin, veau jasp. fil.

161. A Select Collection of poems, with notes biographical and historical (by J. Nichols). *London*, 1780-82, 8 vol. pet. in-8, portr. veau fauve, fil. (*Anc. rel.*)

Collection rare.

162. Poésies de Gray, traduites en français, le texte vis-à-vis la traduction. *Paris*, *Lemerre*, *an VI*, in-8, gr. pap. vél. veau rac.

IX. THÉATRE.

163. Dictionnaire des théâtres de Paris (par les frères Parfait). *Paris, Lambert*, 1756, 7 tom. en 6 vol. in-12, veau marbr.

164. Bibliothèque du théâtre françois depuis son origine (par le duc de la Vallière). *Dresde*, 1768, 3 vol. pet. in-8, veau marbr.

165. Galerie historique des acteurs du Théâtre-Français depuis 1600 jusqu'à nos jours, par P.-D. Lemazurier. *Paris*, *Chamerot*, 1810, 2 vol. in-8, demi-rel.

166. Euripidis quæ extant omnia : tragœdiæ nempe XX, præter ultimam, omnes completæ, cum scholiis (græce et latine), ed. Jos. Barns. *Cantabrigiæ*, *Hayes*, 1694, in-fol. veau marbr.

Belle et rare édition.

167. Théâtre de P. Corneille, avec des commentaires et autres morceaux intéressans. *S. l.*, 1776, 10 vol. in-8, fig. veau marbr.

168. OEuvres de Molière, avec des remarques grammaticales, des avertissements et des observations, par M. Bret. *Paris*, 1778, 8 vol. pet. in-12, veau marbré.

169. Les OEuvres de Molière. *Londres* (*Cazin*), 1784, 7 vol. in-18, veau fil. tr. dor.

170. OEuvres de Jean Racine, avec des commentaires par M. Luneau de Boisjermain. *Paris, L. Cellot*, 1768, 7 vol. in-8, fig. de Gravelot, veau éc. fil. tr. dor. (*Anc. rel.*)

171. OEuvres dramatiques de J. Racine. — OEuvres dramatiques de Crébillon. *Paris, Huet*, 1796, 2 vol. in-4 à 2 col. br. (*Rare.*)

172. OEuvres dramatiques de Néricault-Destouches. *Paris, Impr. roy.*, 1757, 4 vol. in-4, veau fil.

173. La Folle Journée, ou le mariage de Figaro, par M. de Beaumarchais. *Au Palais-Royal, chez Ruault*, 1785. — Recueil des facéties parisiennes pour les six premiers mois de l'an 1760, 1 vol. in-8, demi-rel.

Première édition de Figaro.

174. Le Théâtre italien de Gherardi, ou le recueil général de toutes les comédies et scènes françoises, jouées par les comédiens italiens du roy. *Paris, Briasson*, 1741, 6 vol. in-12, fig. et musique notée, veau éc. fil.

175. Il Capitano, comedia di M. Lodovico Doloce (*sic*), con la favola d'Adone. *Vinegia, G. Giolito*, 1547, pet. in-8, veau f. fil. tr. dor. (*Anc. rel.*)

176. Recueil des operas, des balets, et des plus belles pièces en musique qui ont été représentées depuis onze ou douze ans devant S. M. tres-chrestienne. *Amsterdam, A. Wolfgang*, 1684-89, 4 vol. pet. in-12, fig. veau f. fil. tr. dor. (*Anc. rel.*)

177. L'Europe galante, ballet représenté en l'an 1697 par l'Académie roy. de musique, de la composition de M. Campra. Partition générale. *Paris, Ballard*, 1724, in-folio, musique notée, veau marbré.

178. Les Indes galantes, ballet, réduit à quatre grands concerts, avec une nouvelle entrée complette, par Rameau. *Paris, s. d.*, in-fol. obl. 226 pages de musique gravée, veau marbr.

179. Le Triomphe des sens, ballet héroïque, mis en musique par M. Mouret. *Paris*, 1732, 2 ff. et 316 pages gravées, musique notée, veau marbr.

X. ROMANS. — CONTEURS. — FACÉTIES.

180. Les Amours pastorales de Daphnis et Chloé (trad. du grec de Longus, par J. Amyot). *S. l.* (*Paris, Coustelier*), 1731, in-12, fig. veau gr. tr. dorée.

181. Les Amours d'Ismène et d'Isménias (trad. du grec d'Eustathius, par de Beauchamp). *La Haye* (*Paris, Coustelier*), 1756, in-12, fig. veau marbr.

182. De Amoribus Pancharitis et Zoroæ, poema eroto-didacticon, sive umbratica lucubratio de cultu Veneris Mileti olim peracto (auct. Petit-Radel). *Parisiis, Didot, an IX*, in-8, fig. v.

183. Les Avantures de Télémaque, fils d'Ulysse, par Fénelon. *La Haye, Moetjens*, 1699-1700, 4 tom. en 2 vol. — Suite et fin. *Bruxelles, Foppens*, 1703, 1 vol. — 3 vol. pet. in-12, demi-rel.

184. Les Avantures de Télémaque, par F. de Salignac de la Motte-Fénelon; quatrième édition, conforme au manuscrit original. *Paris, veuve Estienne et fils*, 1740, 2 vol. in-12, fig. de Le Bas, veau f. (*Anc. rel.*)

185. Don Carlos, nouvelle historique. *Amsterdam, G. Commelin*, 1673. — Marie Stuart, reyne d'Escosse, nouvelle historique. *Paris, Claude Barbin*, 1674, 3 part. en 1 vol. pet. in-12, vél.

186. Histoire de l'admirable Don Quichotte de la Manche (trad. de l'espagnol par Filleau de Saint-Martin et Le Sage). *Paris*, 1700, 6 tom. en 3 vol. nombreuses gravures, veau f.

187. Il Decamerone di Messer Giovanni Boccaccio, di nuovo riformato da M. Luigi Groto Cieco

d'Adria. *Venetia, Zoppino*, 1588, in-4, fig. sur bois, parch.

188. Contes et Nouvelles de Bocace Florentin, traduction libre, accommodée au goût de ce temps, et enrichie de figures en taille-douce gravées par M. Romain de Hooge. *Amsterdam, Gallet*, 1699, 2 vol. pet. in-8, vél.

Quelques légères taches, une planche coloriée et un petit défaut dans la marge du feuillet Bi du second volume.

189. Contes moraux de Marmontel. *Paris, Merlin*, 1775, 3 vol. in-12, fig. d'après Gravelot, veau jasp. fil. tr. dor.

190. Histoire de D. Ranucio d'Alétès, écrite par lui-même (Porée). *A Venise, chez Francisco Pasquinetti* (*Rouen*), 2 vol. in-12, veau br. fil. (*Aux armes de Bréhan.*)

A la fin du second volume se trouve encore : l'Heureuse Foiblesse, ou l'Entretien des Tuileries, nouvelle galante. *La Haye*, 1736.

191. Histoire du prince Titi (par Themiseul de Saint-Hyacinthe). *Paris, veuve Pissot*, 1736, 3 vol. in-12, veau gr. fil. (*Aux armes de Bréhan.*)

192. Tanzaï et Néadarné, histoire japonaise. *A Pékin*, 1771, 2 part. en 1 vol. — Le Sopha, conte moral (par Crébillon fils). *Pékin, chez l'imprimeur de l'Empereur*, 1773, 2 part. en 1 vol. fig., ensemble 2 vol. pet. in-12, v. f. (*Rel. uniforme.*)

193. Les Folies du siècle, roman philosophique, par M***, orné de sept caricatures. *Paris*, 1817, in-8, fig. br.

194. Le Paysan perverti, ou les Dangers de la ville, par N.-E. Rétif de la Bretonne. *Imprimé à la Haye, et se trouve à Paris, chez Esprit*, 1776, 4 vol. in-12, fig. br.

Très-bel exemplaire.

195. Les Françaises, ou XXXIV exemples choisis dans les mœurs actuelles, propres à diriger les filles, les femmes, les épouses et les mères. *A*

Neufchâtel, et se trouve à Paris, chés Guillot, 1786, 4 vol. in-12, fig. en taille-douce, demi-rel.

Par Rétif de la Bretonne. Bel exemplaire.

196. Les Liaisons dangereuses, par M. C. de L. (Chauderlos de la Clos). *Paris*, 1782, 4 vol. in-12, basane.

197. LIII Arrests d'amours (par Martial de Paris). Arresta amorum, B. Curtii Symphoriani commentariis accommodata. *Rouen, R. du Petit Val*, 1587, in-16, v.

198. Histoire amoureuse des Gaules, par le comte de Bussi-Rabutin. (*Paris*), 1754, 5 vol. pet. in-12, front. gr. veau marbr.

199. Les Hevres perdves de R. D. M. cavalier françois, dans lequel les esprits melancoliques trouveront des remedes propres pour dissiper ceste fascheuse humeur. *S. l.*, 1616, in-12, vél.

Bel exemplaire, ayant du reste un raccommodage dans la marge du titre.

200. Le Moyen de parvenir, nouvelle édition. *S. l.*, 1773, 2 vol. in-12, front. gr. veau éc.

201. Éloge de la Folie, par Érasme, trad. par M. Gueudeville, avec les notes de G. Listre et les belles figures de Holbein. *Amsterdam, l'Honoré*, 1728, in-12, gravures sur bois et en taille-douce, bas.

202. Sibylla Tryg-Andriana, seu de virginitate, virginum statu et iure, per H. Kormannum. *Francofurti, Becker*, 1610. — Linea amoris, sive commentarius ad J. Juliam de adulteriis. *Francofurti*, 1610. — 1 vol. pet. in-12, veau marbr.

203. Académie galante, contenant diverses histoires très-curieuses. *Amsterdam, E. Roger*, 1740, 2 tomes en 1 vol. in-12, frontisp. gr. veau marbr.

204. L'An deux mille quatre cent quarante, rêve s'il en fut jamais, suivi de l'Homme de Fer, songe. *S. l.*, 1786, 3 vol. in-8, fig. veau marbr.

205. Bibliothèque choisie de contes, de facéties et de bons mots. *Paris*, 1786, 2 vol. in-16, demi-rel.

Le frontispice du second volume est tiré en rouge.

206. Les Astuces de Paris : anecdotes parisiennes, dans lesquelles on voit les ruses que les intrigants et certaines jolies femmes mettent communément en usage pour tromper les gens simples et les étrangers. *Paris*, 1775, 2 tomes en 1 vol. in-12, demi-rel.

207. Les Deux Harangues des habitants de la paroisse de Sarcelles à Monseigneur l'archevêque de Paris, et Philotanus. *Aix, J.-B. Girard*, 1731. — Le Portefeuille du Diable, ou Suite de Philotanus. *Paris*, 1733. — Lettres ou Dissertations, où l'on fait voir que la profession d'avocat est la plus belle de toutes les professions. *Londres*, 1733. — Et autres pièces en 1 vol. in-12, veau br.

208. Mémoires de Milord ***, trad. de l'anglois par M. D. L. P. *Paris*, *Prault*, 1737. — Histoire d'Iris, par M. Poisson. *La Haye*, 1736, et autres pièces en 1 vol. in-12, veau br. fil. (*Aux armes de Bréhan.*)

209. L'Art de rendre les femmes fidèles, par M. ***. *Paris*, *veuve Laisné*, *et Versailles*, *R. Coral*, 1713, in-12, veau br.

Édition originale.

210. Maupeouana, ou Correspondance secrète et familière du chancelier Maupeou avec son cœur Sorhouet. *Imprimé à la chancellerie*, 1773, 2 tomes en 1 vol. in-12, fig. veau marbr.

211. Lettres de Madame de Sévigné, de sa famille et de ses amis, publ. par Gault. de Saint-Germain. *Paris*, *Dalibon*, 1823, 12 vol. in-8, 25 portr. broch.

XI. POLYGRAPHES. — ŒUVRES COMPLÈTES. — JOURNAUX, ETC.

212. Plutarchi quæ extant Opera omnia, græce, cum latina interpretatione Cruserii et Xylandri, etc., a Jo. Rualdo collecta digestaque. *Lutetiæ Parisiorum, typis regiis*, 1624, 2 énormes vol. in-fol. veau br.

213. Flavii Josephi Opera quæ reperiri potuerunt omnia, recens. et notis illustr. Joa. Hudsonus, gr. et lat. *Oxonii, e theatro Sheldoniano*, 1720, 2 vol. in-fol. veau br.

214. M. Tullii Ciceronis Opera, cum optimis exemplaribus accurate collata. *Amstelædami, Blaeu*, 1649-57, 10 tomes en 8 vol. pet. in-12, mar. vert, fil. tr. dor. (*Anc. rel.*)

Sur les feuillets de garde de plusieurs volumes on lit la signature de Jean-B. Poqvelin, signature qui ne doit pas être celle de notre Molière.

215. OEuvres complètes de M. T. Cicéron. publiées en français, avec le texte en regard, par V. Le Clerc. *Paris, impr. de Crapelet*, 1825-27, 37 vol. in-18, broch.

216. Senecæ Opera. *Lugd. Batavorum, ex officina Elzeviriana*, 1639, 3 vol. pet. in-12, vol. I et II en mar. r. fil. tr. dor. (*belle rel. anc.*), vol. III en veau.

217. Classiques latins, *cum notis variorum*, 16 vol. in-8, en différentes reliures.

Quintilianus. 1665, 2 vol. vél. — Virgilius. 1657. — Horatius. 1670. — Ovidius. 1670, 3 vol. — Plautus, 1669. — Erasmi Colloquia. 1664. — Sanctii Minerva. 1752. — Eutropius. 1729. — Florus, 1722, vél. dor. (*Aux armes.*) — Cæsar. 1661. — Valerius Maximus. 1651. — Suetonius. 1667. — Cornelius Nepos. 1734, vél. dor. (*Aux armes.*)

218. Collection Barbou. Novum Testamentum. Seneca. Juvenalis et Persius. Lucretius. Phædrus. Masenii Sarcotis. Vanieri Prædium rusticum. Rapini Horti. Plinii Epistolæ. Erasmi Stultitiæ laus et Mori Utopia. Velleius Paterculus. *Paris*,

1746-85, 11 vol. in-12, dont 2 en veau marb. tr. rouge, et 9 en veau fil. tr. dor.

219. Les OEuvres de Maistre Alain Chartier, contenant l'Histoire de son temps, l'Espérance, le Curial, etc., reueues, corrigées et de beaucoup augmentées sur les exemplaires écrits à la main, par A. du Chesne. *Paris, P. le Mur*, 1617, in-4, fig. veau br.

220. Les OEuvres d'Estienne Pasquier. — Les Lettres de Nic. Pasquier, fils d'Estienne. *Amsterdam* (*Trévoux*), 1723, 2 vol. in-fol. veau marbr.

Bel exemplaire.

221. OEuvres du seigneur de Brantome, nouvelle édition considérablement augmentée, et accompagnée de remarques historiques et critiques. *La Haye*, 1740, 15 vol. pet. in-12, front. gr. veau marbr.

222. OEuvres du sieur de Brantome; nouvelle édition considérablement augmentée. *Londres, aux dépens du libraire*, 1779, 15 vol. in-12, veau fauve.

223. OEuvres du seigneur de Brantome; nouvelle édition, plus correcte que les précédentes. *Paris, Bastien*, 1787, 8 vol. in-8, veau.

224. Roman comique de Scarron, 3 vol. — Virgile travesty, 3 vol. — OEuvres diverses, 2 vol. — Nouvelles tragi-comiques, 2 vol. — Dernières œuvres, 2 vol. *Paris, David, Durand et Pissot*, 1752, 12 tom. 11 vol. cart. non rog.

OEuvres complètes.

225. OEuvres de Nicolas Boileau-Despréaux, avec des éclaircissements historiques donnés par lui-même; nouvelle édition, corrigée et augmentée, enrichie de figures gravées par Bernard Picart. *La Haye, Gosse et Neaulme*, 1729, 2 vol. in-fol. portr. de la princesse de Galles, veau, fil.

226. OEuvres de M. de Saint-Evremond, publiées sur les manuscrits de l'auteur. *Londres*, *Tonson*, 1711, 7 vol. in-12, bas. marbr.

227. Collection Cazin. *Paris, Londres et Genève*, 1777-91, 42 vol. in-18 et cahier de musique in-8, 5 vol. reliés en bas. 35 en veau, tr. dor. 2 en mar. r. tr. dor.

Chansons choisies; Chaulieu; Ismène et Isménias; Tanzaï et Néadarné; Fables de la Fontaine, etc.

228. OEuvres de Regnard; nouvelle édition, revue, exactement corrigée, et conforme à la représentation. *Paris*, *Maradan*, 1790, 4 vol. in-8, fig. veau marbr.

229. OEuvres choisies de le Sage. *Paris*, 1783, 15 vol. in-8, veau marbr.

230. OEuvres choisies de l'abbé Prévost. *Paris*, 1783-85, 39 vol. in-8, fig. de Marillier, veau marbr.

231. OEuvres complètes de M. de Marivaux. *Paris, Duchesne*, 1781-82, 12 vol. in-8, veau marbr. fil.

232. OEuvres complètes de Saint-Foix. *Paris*, *veuve Duchesne*, 1778, 6 vol. in-8, fig. d'après Marillier, veau éc. fil.

233. OEuvres complètes de Grécourt. *Luxembourg*, 1764, 4 vol. in-12, fig. d'Eisen, veau jasp.

234. OEuvres de Montesquieu. *Paris, Bastien*, 1788, 5 vol. in-8, veau marbr. fil. tr. dor.

235. OEuvres de J.-J. Rousseau de Genève. *Amsterdam*, *Rey*, 1772, 11 vol. fig. v. fil. — OEuvres posthumes de Rousseau. *Genève*, 1781-83, 12 vol. Ensemble 23 vol. in-8, veau.

On a ajouté : Seconde partie des Confessions, *Genève*, 1789, faisant suite au tome IX des OEuvres posthumes.

236. OEuvres complètes de J.-J. Rousseau, avec des notes et des éclaircissements historiques par

P.-R. Auguis. *Paris*, *Dalibon*, 1824-28, 27 vol. in-8, broch.

237. OEuvres de M. de Voltaire, 1775, et diverses pièces détachées attribuées à divers hommes célèbres. 1775, 40 vol. in-8, pages encadrées, veau marbr.

Voir, sur cette édition, le tome LXIII, page 198, de celle de Kehl.

238. OEuvres complètes de Voltaire, avec des remarques et des notes (par Auguis, Dubois, Ch. Nodier, etc.). *Paris*, *Delangle*, 1824-32, 95 vol. in-8, pap. cavalier vél. broch.

239. OEuvres de Denis Diderot, précédées de mémoires historiques et philosophiques, par J.-A. Naigeon. *Paris*, *Brière*, 1821, 22 vol. in-8, pap. vél. broch.

240. OEuvres complètes de M. Fréret. *Londres*, 1775, 4 tomes en 2 vol. in-8, veau f. fil. tr. dor. (*Belle rel. anc.*)

241. OEuvres de M. Linguet. *Londres et Liége*, *Bassompierre*, 1774-76, 7 vol. in-12, veau gr. fil.

242. OEuvres d'Étienne Falconnet, statuaire, contenant plusieurs écrits relatifs aux beaux-arts. *Lausanne*, 1781, 6 vol. in-8, veau marbr.

243. OEuvres complètes de Crébillon, nouvelle édition ornée de belles gravures (par Marillier). *Paris*, 1785, 3 vol. in-8, veau, fil.

244. OEuvres de M. Cochin, écuyer, avocat au parlement, contenant le recueil de ses mémoires et consultations. *Paris*, *Hérissant*, 1771-75, 6 vol. in-4, veau.

245. OEuvres badines complètes du comte de Caylus. *Paris*, *Visse*, 1787, 12 vol. in-8, fig. de Marillier, veau f.

246. Collection complète des travaux de Mirabeau à l'Assemblée nationale, publ. par Mejean. *Paris*, 1792, 5 vol. in-8, veau éc.

247. OEuvres complètes de M. de Belloy. *Paris, Cussac*, 1787, 6 vol. in-8, fig. de Borel, veau jasp. fil.

248. OEuvres complètes de Caron de Beaumarchais (publ. par Gudin). *Paris, Collin*, 1809, 7 vol. in-8, fig. veau jasp.

249. OEuvres complètes de Bernardin de Saint-Pierre, nouvelle édition revue, corrigée et augmentée par L. Aimé-Martin. *Paris, Dupont*, 1826, 12 vol. in-8, pap. cavalier vélin, fig. br.

250. OEuvres posthumes de M. Philippe Duplessis, imprimées en exécution de son testament. *Paris, Didot*, 1853-54, 5 vol. gr. in-8, br.

251. Opere di Nic. Machiavelli, citadino e secretario Fiorentino. *Nell' Haya*, 1726, 4 vol. in-12, portr. veau br.

252. OEuvres complètes de Pope, trad. en françois (par divers et publ. par de La Porte). *Paris, Duchesne*, 1779, 8 vol. in-8, fig. de Marillier, veau jasp. fil.

253. The Works of the late ingenious George Farquhar, containing all his poems, letters and comedies. *London, Knapton*, 1742, 2 vol. in-12, v.

254. OEuvres diverses de Winkelmann, trad. par Huber. *Paris*, 1781-89, 8 vol. in-8, v. (*Rel. uniforme.*)

Histoire de l'art chez les anciens. 3 vol. — Recueil de différentes pièces sur les arts. — Remarques sur l'architecture des anciens. — Recueil de lettres sur les découvertes faites à Herculanum. — Lettres familières. 2 vol.

255. Choix des anciens Mercures (depuis leur origine en 1672, sous le nom de Mercure galant, jusqu'en 1754), avec un extrait du Mercure françois (depuis 1633 jusqu'en 1644), par MM. de Bastide, Marmontel, de la Place, etc. *Paris, s. d.* 96 tomes en 48 vol. in-12, demi-rel.

Manquent les tomes XCI et XCII.

256. Annales politiques, civiles et littéraires du XVIIIe siècle, ouvrage périodique, par Linguet. *Londres,* 1777-80, 9 vol. in-8, veau marbr.

257. Journal étranger, ouvrage périodique (par la Marche, J.-J. Rousseau, Favier, etc., et dirigé successivement par Toussaint, l'abbé Prévost, Fréron, Deleyre et autres). *Paris,* 1754-61, 41 vol. in-12, fig. veau marbr.

258. Le Spectateur, ou le Socrate moderne, où l'on voit un portrait naïf des mœurs de ce siècle, trad. de l'anglois (de Steele). *Paris,* 1755, 3 vol. in-4, veau jasp.

259. Collection de journaux de la première révolution. Mercure national, 1791, n°s 1 à 45. Mercure national et étranger. *Paris,* 1790-91, 3 vol. — L'Ami des patriotes, 1791 (n°s 21 à 45). — Gazette nationale, 1er janv. au 31 décembre 1791. — Annales de la République française, etc., etc. Ensemble 3 vol. in-4 et 7 vol. in-8, demi-rel.

On a intercalé dans les volumes un grand nombre de brochures du temps.

260. Revue britannique, ou choix d'articles traduits des meilleurs écrits périodiques de la Grande-Bretagne. *Paris,* 1825-37, Ire à IVe série. 72 vol. in-8, demi-rel. et quelques cahiers broch.

261. Histoire et mémoires de l'Académie des inscriptions et belles-lettres, depuis son établissement jusqu'à présent. *Paris, Impr. roy.*, 1717-93, 46 vol. in-4, fig. veau.

On a ajouté les volumes I-III des Notices et extraits des manuscrits de la Bibliothèque, 1787-1790.

262. Encyclopédie, ou Dictionnaire raisonné des sciences, des arts et des métiers, mis en ordre par Diderot et d'Alembert. *Paris,* 1751-80, 35 vol. in-fol. dont 12 vol. de planches, veau marbr.

263. Recueil de plusieurs centaines de pièces de littérature, d'histoire, politique, mémoires, plai-

doyers, etc., 1 portefeuille in-fol. 3 portef. in-4, et 14 portef. in-8 et 4 portef. in-12.

Collection curieuse, composée en général de pièces du siècle passé (1700-1810).

XII. GÉOGRAPHIE. — VOYAGES. — HISTOIRE ANCIENNE.

264. Atlas historique, généalogique, chronologique et géographique de A. Lesage (comte de Las Cases). *Paris, Leclère* (1826), gr. in-fol. demi-rel. mar. r.

265. Traitté de la situation du Paradis terrestre, par Dan. Huet. *Paris*, *Anisson*, 1691, in-12, v. br.

Avec la carte.

266. Histoire des grands chemins de l'Empire romain, par N. Bergier. *Paris*, *C. Morel*, 1622, in-4, mar. r. fil. tr. dor. (*Anc. rel.*)

267. Histoire générale des voyages, ou nouvelle collection de toutes les relations de voyages qui ont été publiées jusqu'à présent, par l'abbé Prévost. *Paris*, 1746-70, 19 vol. in-4, fig. et cartes, v.

Le 20e volume, publié en 1789, manque à cet exemplaire.

268. De l'Utilité des voyages et de l'avantage que la recherche des antiquitez procure aux sçavans, par Baudelot de Dairval. *Paris*, 1686, 2 vol. in-12, fig. veau br.

Exemplaire donné par l'auteur à M. Moreau de Mautow, avec quelques notes de la main de ce dernier.

269. Voyage du jeune Anacharsis en Grèce, dans le milieu du quatrième siècle avant l'ère vulgaire (par Barthélemy). *Paris, de Bure*, 1788, 7 vol. in-8 et atlas in-4, veau rac. fil.

270. Lettres édifiantes et curieuses, écrites des Missions étrangères; nouvelle édition (publ. par l'abbé de Querbeuf). *Paris, Mérigot*, 1780-83, 26 vol. in-12, veau marbr.

Bel exemplaire, avec les figures et cartes.

271. Voyages du P. Labat en Espagne et en Italie. *Paris,* 1730, 8 vol. in-12, veau br.

272. Itinéraire descriptif de l'Espagne, par Alexandre de Laborde. *Paris*, 1809, 5 vol. in-8 et atlas in-4, veau rac. fil.

273. Voyage pittoresque d'Italie, par Saint-Non. Première partie, royaume de Naples. *Paris,* 1781. — Voyage pittoresque de la Grèce, par Choiseul-Gouffier. Tome premier. *Paris*, 1782. — Ensemble 2 vol. gr. in-fol. fig. demi-rel. n. rog.

274. Voyages de M. de Thévenot en Europe, Asie et Afrique. *Amsterdam*, 1727, 5 vol. in-12, fig. et cartes, v. br.

275. Les Six Voyages de M. J.-B. Tavernier en Turquie, en Perse et aux Indes. *Paris*, *veuve de P. Ribou*, 1724, 6 vol. in-12, fig. et cartes, v. br.

276. Voyages de C.-P. Thunberg au Japon, trad., rédigés et augmentés, par J. Langlès et J.-B. Lamarck. *Paris*, 1796, 4 vol. in-8, fig. v.

277. Nouveau Voyage aux isles de l'Amérique, par le P. Labat. *Paris*, *Cavelier*, 1722, 6 vol. in-12, fig. veau tr. dor.

278. Eusebii Cæsariensis chronicon, cum additamentis ad annum 1511. *In alma Parisiorum academia*, *per Henricum Stephanum,* 1518, in-4, car. ronds, cart. — Sigeberti Gemblacenvis chronicon. *Parisiis, H. Stephanus*, 1573, in-4, vél.

279. L'Art de vérifier les dates. *Paris*, 1750, in-4, veau marbr.

280. L'Art de vérifier les dates des faits historiques et autres anciens monumens. *Paris*, *Desprez*, 1770, in-fol. veau jasp. fil. tr. dor.

281. Dictionnaire historique et critique, par M. Pierre Bayle. *Amsterdam,* 1734, 5 vol. in-4, veau br.

282. Histoire d'Hérodote, trad. du grec, avec des remarques historiques et critiques, par Larcher. *Paris*, 1786, 7 vol. in-8, veau f.

283. L'Histoire de Thucydide Athénien, de la guerre qui fut entre les Péloponnésiens et Athéniens, translatée en langue françoyse par feu Messire Claude de Seyssel, évesque de Marseille. *Imprimé à Paris en l'hostel de maistre Josse Badius*, 1527, in-fol. bord. grav. au titre, veau gauf.

Bel exemplaire, qui paraît être en grand papier.

284. Tacite, traduction nouvelle, avec le texte latin en regard, par Dureau de Lamalle. *Paris*, *Michaud*, 1818, 6 vol. in-8, veau rac. fil.

285. OEuvres complètes de Tacite, traduction nouvelle, avec le texte en regard, des variantes et des notes, par J.-L. Burnouf. *Paris*, *Hachette*, 1833-38, 6 vol. in-8, broch.

286. Tibère, ou les six premiers livres des Annales de Tacite, trad. de la Bléterie. *Paris*, *Impr. roy.*, 1768, 3 vol. in-12, figures de Gravelot, veau fil. tr. dor.

287. OEuvres de Tite-Live, avec la traduction en français, publ. sous la direction de M. Nisard. *Paris*, 1839-40, 3 vol. gr. in-8, broch.

288. C. Crispi Sallustii Belli Catilinarii et Jugurthini historiæ. *Edimburgi*, *Balfour*, 1755, pet. in-8, veau marbr. fil.

Édition rare, et l'une de celles qui ont remporté le prix de l'université d'Edimbourg pour leur parfaite correction.

289. Q. Curtii Rufi historiarum libri. *Lugd. Batavorum, ex officina Elzeviriana*, 1633, pet. in-12, veau br. fil.

Seconde édition sous cette date. Très-grand de marges.

290. Römische Geschichte, von B.-G. Niebuhr. *Berlin*, *Reimer*, 1831-33, 3 vol. et 1 vol. d'index. Ensemble 4 vol. in-8, br.

291. Sulpitii Severi Historia sacra. *Lugd. Batav., ex officina Elzeviriana*, 1643, pet. in-12, veau br.

292. Histoire ancienne des Égyptiens, des Carthaginois, des Assyriens, des Babyloniens, des Mèdes et des Perses, des Macédoniens, des Grecs, par M. Rollin. *Paris, Estienne*, 1769-72, 14 vol. — Histoire romaine depuis la fondation de Rome jusqu'à la bataille d'Actium, par M. Rollin. *Paris*, 1767-69, 16 vol. — Opuscules de feu M. Rollin. *Paris*, 1771, 2 vol. — Ensemble 32 vol. in-12, veau marbr.

293. Histoire du peuple de Dieu, jusqu'à la naissance du Messie. *Paris, Knapen*, 1728, 7 vol. in-4, veau br.

294. Histoire du peuple de Dieu, depuis la naissance du Messie jusqu'à la fin de la Synagogue (par le P. Berryer). Seconde partie. *La Haye, Neaulme*, 1753, 8 vol in-12, v. f. fil. (*Belle reliure ancienne.*)

295. Opinions des anciens sur les Juifs, par feu M. de Mirabaud (le baron d'Holbach). *Londres*, 1769, pet. in-8, v. f. fil. tr. dor. (*Belle reliure ancienne.*)

XIII. HISTOIRE DE FRANCE.

296. Collection universelle des mémoires particuliers relatifs à l'histoire de France. *Londres* (*Paris*), 1785-90, 61 vol. et 1 vol. de table, in-8, v.

Manque le tome LX.

297. Histoire de la civilisation en France, depuis la chute de l'Empire romain, par M. Guizot. *Paris, Didier*, 1840, 5 vol. in-8, broch.

298. Notice de l'ancienne Gaule, tirée des monuments romains, par M. d'Anville. *Paris, Desaint et Saillant*, 1760, in-4, grande carte, veau marbr.

299. Volume premier (second et troisième) des chroniques d'Enguerran de Monstrelet. *Paris, Mettayer*, 1595, 3 tomes en 1 vol. in-fol. bas. marbr.

Dans cet exemplaire, à la fin de chaque tome, se trouve, à la main et d'une écriture très-soignée, une table particulière des noms de famille qui se rencontrent dans la Chronique.

300. Le Premier (second, tiers et quart) volume de Froissart des Croniques de France dAngleterre, dEscoce, dEspaigne, de Bretaigne, de Gascongne, de Flandres et lieux circonvoisins. *Paris, J. Petit, G. Eustace et F. Regnault*, 1513, 4 tomes en 3 vol. pet. in-fol. goth. à 2 col. veau.

Exemplaire médiocre.

301. Le Premier (Second, Tiers et Quart) volume de l'Histoire et cronique de messire Jehan Froissart, reveu et corrigé... par Denis Sauvage. *Lyon, Jean de Tournes*, 1559-61, 4 tom. en 1 vol. in-fol. bas. marbr.

Très-bel exemplaire.

302. Mémoires de messire Philippe de Commines, où l'on trouve l'histoire des rois de France Louis IX et Charles VIII; nouvelle édition, revue sur plusieurs manuscrits du tems, enrichie de notes et de figures, etc., par MM. Godefroy, augmentée par l'abbé Lenglet du Fresnoy. *Londres et Paris, Rollin*, 1747, 4 vol. in-4, veau.

Exemplaire avec la dédicace au maréchal de Saxe.

303. Histoire de l'ancien gouvernement de la France, par le C. de Boulainvilliers. — Mémoires présentés à M. le duc d'Orléans, régent de France, contenant les moyens de rendre ce royaume très-puissant. *La Haye et Amsterdam*, 1727, 5 vol. in-12, veau gr. fil. tr. dor.

304. Mémoires historiques, critiques et anecdotes des reines et régentes de France, par Dreux du Radier. *Paris, Mame*, 1808, 6 tom. en 3 vol. in-8, veau.

305. Mémoires de la vie de François de Scepeaux, sire de Vieilleville et comte de Duretal, maréchal de France, contenant plusieurs anecdotes des règnes de François I, Henry II, François II et Charles IX, par V. Carloix. *Paris*, 1757, 5 vol. pet. in-8, veau marbr.

306. Mémoires de Marguerite de Valois, reine de France et de Navarre, auxquels on a ajouté son éloge, celuy de M. de Bussy, et la Fortune de la cour (publ. par J. Godefroy). *Liége, F. Broncart* (*Bruxelles, Foppens*), 1713, in-12, portr. veau gr.

307. Satyre Menippée, de la vertu du Catholicon d'Espagne, et de la tenue des estats de Paris. *Ratisbonne, M. Kerner*, 1699, in-12, 3 planches, v. fil. tr. dor.

308. Satyre Ménippée, de la vertu du Catholicon d'Espagne et de la tenue des états de Paris ; augmentée de notes tirées des éditions de Dupuy et de Le Duchat, et d'un commentaire par Ch. Nodier. *Paris, Dalibon*, 1824, 2 vol. in-8 et 2 cah. de fig. sur chine, pap. vél. br.

309. Mémoires de Condé, ou Recueil pour servir à l'histoire de France sous les règnes de François II et Charles IX. *Londres*, 1740, 6 vol. in-12, veau marbr. fil.

310. Histoire du roy Henry le Grand, par Hardouin de Péréfixe. *Paris*, 1662, in-4, portr. par Landry, v.

311. L'Intrigue du cabinet sous Henri IV et Louis XIII, terminée par la Fronde, par M. Anquetil. *Paris, Moutard*, 1780, 4 vol. in-8, veau f. fil. tr. dor. (*Belle rel. anc.*)

312. Histoire générale des larrons, par F. D. C. *Rouen, Besogne*, 1709, 3 part. en 1 vol. in-12, veau f.

Exemplaire du duc de Valentinois.

313. Mémoires de Maximilien de Béthune, duc de Sully, mis en ordre avec des remarques, par L. D. L. D. L. (l'abbé de Lécluse des Loges). *Londres*, 1763, 8 vol. in-12, veau marbr.

314. Mémoires de M. de Pontis, qui a servi dans les armées cinquante-six ans, sous les rois Henry IV, Louys XIII et Louys XIV. *Paris*, *Desprez*, 1678, 2 vol. in-12, veau br.

Édition originale; portrait par van Schuppen ajouté.

315. Mémoires de mademoiselle de Montpensier, fille de Gaston d'Orléans, frère de Louis XIII (revus par Segrais, avec une préface de J.-F. Bernard). *Amsterdam*, *Wetstein et Smith*, 1746, 8 vol. in-12, veau marbr.

316. Mémoires pour servir à l'histoire d'Anne d'Autriche, épouse de Louis XIII, par madame de Motteville, une de ses favorites. *Amsterdam*, *Changuion*, 1750, 6 vol. in-12, veau marbr.

317. Mémoires de la régence de S. A. R. le duc d'Orléans, durant la minorité de Louys XV. *La Haye*, *van Duren*, 1736, 3 vol. in-12, portr. et fig. veau marbr.

318. Mémoires de M. de Montrésor; diverses pièces durant le ministère du cardinal de Richelieu; relation de M. de Fontrailles. *Cologne*, *J. Sambix le jeune* (*à la Sphère*), 1663, pet. in-12, v.

319. Mémoires du maréchal de Tourville, vice-amiral de France et général des armées navales du roy. *Amsterdam*, 1742, 3 vol. in-12, veau f. fil. (*Anc. rel.*)

320. Vie privée du maréchal de Richelieu, contenant ses amours et ses intrigues. *Paris*, *Buisson*, 1792, 3 vol. in-12, v.

321. Histoire de la conjuration de Louis-Philippe-Joseph d'Orléans, surnommé Egalité. — Histoire de la conjuration de Maximilien Robespierre. *Paris*, 1796, 4 tom. en 2 vol. in-8, bas. marbr.

322. Mémoires du comte de Maurepas, avec onze caricatures du temps, gravées en taille-douce. *Paris, Buisson*, 1792, 4 tom. en 2 vol. in-8, fig. bas. marbr.

323. Mémoires de Frédéric, baron de Trenck, traduits par lui-même. *Strasbourg et Paris*, 1789, 3 vol. in-8, portr. et figures, veau vert, fil. tr. dorée.

324. Recueil de pièces diverses sur l'Assemblée constituante, législative, etc., 1790-92, 46 vol. in-8 et in-4 de différentes reliures.

Collection importante.

325. Affiches officielles, bulletins, etc., *imprimés à Paris*, 1791-93, 16 pièces gr. in-fol.

326. Affiches officielles, bulletins, proclamations, etc., dont un grand nombre concernant le département de l'Yonne. *Impr. à Auxerre*, 1792-93, 46 pièces gr. in-fol.

Collection des plus importantes, qui contient des pièces très-rares. Nous ne citons que l'édit sur les monnaies, poids et mesures, composé de 5 feuilles.

327. Histoire et Recherches des antiquités de la ville de Paris, par H. Sauval. *Paris, Moette*, 1724, 3 vol. in-fol. veau jasp.

Première édition.

328. Guide des amateurs et étrangers voyageurs à Paris, par Thiéry. *Paris*, 1787, 2 vol. in-12, nombreuses planches, veau br. (*Aux armes de Montmorency*.)

329. Mémoires historiques et authentiques sur la Bastille, dans une série de près de trois cents emprisonnements, depuis 1475 jusqu'à nos jours (par Carra). *Paris, Buisson*, 1789, 3 vol. in-8, veau jasp.

Exemplaire avec la planche.

330. Description générale et particulière du duché de Bourgogne, précédée de l'Abrégé historique

de cette province, par Courtépée et Béguillet. *Dijon*, 1775-80, 5 vol. pet. in-8, br.

331. Le Parlement de Bourgogne, son origine, son établissement et son progrès, avec les noms, surnoms, qualités, armes et blasons des présidents, chevaliers, etc., par P. Palliot. *Dijon*, *Palliot*, 1649, in-fol. blasons, grav. sur cuivre, veau f. (*Anc. rel.*)

332. Mémoires concernant l'histoire ecclésiastique et civile d'Auxerre, par l'abbé Lebeuf. *Paris*, *Durand*, 1743, 2 vol. in-4, fig. et cartes, veau br.

Avec beaucoup d'additions manuscrites sur des feuillets à part.

333. Mémoires concernant l'histoire civile et ecclésiastique d'Auxerre et de son ancien diocèse, par l'abbé Lebeuf, continués jusqu'à nos jours par MM. Challe et Quantin. *Auxerre*, 1848-55, 4 vol. in-8, fig. br.

334. Recherches historiques et statistiques sur Auxerre, ses monuments et ses environs, par M. L... *Auxerre*, 1830, 2 vol. in-12 et atlas in-4, broché.

335. Almanach historique du diocèse de Sens et du département de l'Yonne. *Sens*, *Tarbé*, 1770 et suiv., 49 vol. de differ. rel.

Collection complète et très-rare, depuis 1770 à 1816.

XIV. HISTOIRE ÉTRANGÈRE.

336. Histoire des chevaliers hospitaliers de Saint-Jean de Jérusalem, appelés depuis chevaliers de Rhode et aujourd'hui chevaliers de Malte, par l'abbé de Vertot. *Amsterdam*, 1766, 5 vol. in-12, veau marbr.

337. L'Historia d'Italia di Francisco Guicciardini. *Firenze*, *L. Torrino*, 1561, 1 tom. en 4 vol. in-8, veau marbr. fil. tr. dor. (*Anc. rel.*)

338. Historie Fiorentine di Nicolao Macchiavelli. *Firenze, Bernardo di Giunta*, 1532, pet. in-8, v.

Volume rare, édition citée par la Crusca.

339. Vie et Pontificat de Léon X, par W. Roscoe, trad. de l'anglais par P.-F. Henry. *Paris, Le Normant*, 1808, 4 vol. in-8, portrait et médailles, veau rac.

340. Histoire des Vaudois, ou des habitans des vallées occidentales du Piémont, qui ont conservé le christianisme dans toute sa pureté, et à travers plus de trente persécutions. *Paris*, 1796, 2 tom. en 1 vol. in-8, demi-rel.

A la fin du second volume : Catéchisme des Vaudois, tel qu'il a été publié par eux en l'année 1100, avec la traduction française.

341. La République des Suisses, comprinse en deux liures, contenans le gouuernement de la Suisse, l'état public des treize cantons, leurs batailles, victoires et autres gestes mémorables, depuis l'empereur Raoul de Hapsbourg, jusqu'à Charles V, par Jos. Simler. *Paris, J. du Puys*, 1578, in-8, fig. en bois. (*Bel exemplaire.*)

342. Tableaux topographiques, pittoresques, physiques, historiques, moraux, politiques, littéraires de la Suisse, par M. le baron de Zurlauben. *Paris*, 1780-86, 3 vol. gr. in-fol. fig. veau éc. fil.

343. Histoire des maisons de Plantagenet et de Tudor, par Hume (trad. par M. Bellot). *Amsterdam* (*Paris*), 1763-65, 4 vol. — Histoire de la maison de Stuart (trad. par l'abbé Prévost). *Londres* (*Paris*), 1760, 3 vol., ensemble 7 vol. in-4, veau marbr. fil.

344. Mémoires concernant l'histoire, les sciences, les arts, les mœurs, les usages, etc., des Chinois, par les missionnaires françois de Pékin (et publ. par l'abbé Batteux). *Paris, Nyon*, 1776-91, 15 vol. in-4, fig. veau marbr.

345. Recueil de 99 estampes, toutes relatives aux costumes de l'Asie et de l'Afrique, numérotées depuis 1 jusqu'à 99, marquées du chiffre B., et gravées par Simonneau fils, Scotin aîné, Cochin, du Bosc et autres. Gr. in-fol. veau éc. fil. tr. dor.

346. Histoire de la guerre entre la Russie et la Turquie, et particulièrement de la campagne de 1769. *Saint-Pétersbourg*, 1773, in-4, 9 grandes cartes, les pages encadrées, veau.

347. Recherches philosophiques sur les Américains, par M. de P. (Pauw), augm. d'une dissertation critique par Dom Pernety. *Berlin*, 1777, 3 vol. in-12, veau marbr. — Lettre d'un voyageur américain, 1770-1786, par John de Crève-Cœur. *Paris*, 1787, 3 vol. in-8, fig. veau.

348. Histoire naturelle et morale des Iles Antilles de l'Amérique, enrichie d'un grand nombre de belles figures en taille-douce, avec un vocabulaire caraïbe; seconde édition (par Rochefort). *Roterdam*, *Leers*, 1665, in-4, front. grav. v.

349. Histoire et description générale de la Nouvelle-France, avec le journal historique d'un voyage fait par ordre du roi dans l'Amérique septentrionale, par le P. de Charlevoix, de la Comp. de Jésus. *Paris*, *Didot*, 1744, 3 vol. in-4, fig. et cartes, veau marbr.

XV. ANTIQUITÉS. — MONNAIES. — DIPLOMATIQUE.

350. L'Antiquité expliquée (en franç. et en latin), et représentée en figures, par B. de Montfaucon. *Paris, Delaulne*, 1719, 5 tom. en 10 vol. — Supplément. *Paris*, 1724, 5 vol. — Les Monumens de la monarchie françoise, avec la figure de chaque règne, que l'injure du temps a épargnés. *Paris, Gandouin*, 1729-33, 5 vol., ensemble 20 vol. in-fol. veau marbr.

Tres-bel exemplaire, parfaitement complet. Il y a, du reste, une transposition dans le second ouvrage, car la planche G 3e se trouve après la page 202 du quatrième volume.

351. Nuova Raccolta delle megliore vedute antiche e moderne di Roma disegnate ed incise da Giov. Cassini. *Roma*, 1779, in-fol. obl. 83 planches, cart. n. rog.

352. Les Ruines de Balbec, autrement dit Héliopolis, dans la Cœlosyrie, par Wood. *Londres*, 1757, gr. in-fol. 46 planches, demi-rel.

353. Introduction à l'étude des monuments antiques, par Millin. *Paris*, 1796. — Introduction à l'étude des médailles, par Millin. *Paris*, 1796. — Introduction à l'étude des pierres gravées, par Millin. *Paris*, 1796. — Vues sur la propreté des rues de Paris. *S. l.*, 1782, et d'autres pièces en un vol. in-8, bas.

354. La Science des médailles (par le P. Jobert, Jésuite), avec des remarques historiques et critiques (par le baron de la Bastie). *Paris*, *De Bure*, 1739, 2 vol. in-12, fig. v. marbr. (*Aux armes de France sur le dos.*)

355. Description de médailles antiques, grecques et romaines, avec leur degré de rareté, par T.-E. Mionnet. *Paris*, *Testu*, 1806-13, 6 vol. in-8 et 6 cahiers de planches et d'explications. — De la Rareté et du prix des médailles romaines, par le même. *Paris*, 1815, 1 vol. Ensemble 7 vol. et 6 cahiers in-8, broch.

356. Recherches sur la monnaie romaine jusqu'à la mort d'Auguste, par M. Bourlier, baron d'Ailly. *Lyon*, *imprimerie de Louis Perrin*, 1864-69, 4 vol. gr. in-4, nombreuses planches, cart. non rogné.

357. Recherches curieuses des monnaies de France, depuis le commencement de la monarchie, par Claude Bouteroue. *Paris*, *Cramoisy*, 1666, in-fol. fig. bas. (*Piqûre dans la marge.*)

358. Traité des monnoies et de la jurisdiction de la cour des Monnoies, en forme de dictionnaire, par Abot de Bazinghen. *Paris*, *Guillyn*, 1764, 2 vol. in-4, veau marbr.

359. Recherches sur les anciennes monnoies du comté de Bourgogne, par un bénédictin de la Congrégation de St-Vanne. *Paris, Nyon*, 1782, in-8, broch.

360. Nouveau Traité de diplomatique, par deux religieux bénédictins de la Congrégation de Saint-Maur (Dom Tassin et Dom Toustaint). *Paris*, *Desprez*, 1750-65, 6 vol. in-4, fig. veau.

Bel exemplaire.

361. Dictionnaire raisonné de diplomatique, contenant les règles principales et essentielles pour servir à déchiffrer les anciens titres, diplômes et monuments, ainsi qu'à justifier de leur date et de leur authenticité, par Dom de Vaines. *Paris*, *Lacombe*, 1774, 2 vol. in-8, planches, bas.

362. Mémoires sur l'ancienne chevalerie, par de la Curne de Sainte-Palaye. *Paris*, *Duchesne*, 1759, 2 vol. in-12, v. br.

XVI. HISTOIRE LITTÉRAIRE. — BIBLIOGRAPHIE.

363. Lycée, ou Cours de littérature ancienne et nouvelle, par la Harpe. *Paris*, *Agasse*, *an VII*-1810, 17 vol. bas.— OEuvres choisies et posthumes de M. de la Harpe. *Paris*, *Migneret*, 1806, 4 vol. veau rac. Ensemble 21 vol. in-8.

364. Observations sur les écrits modernes (par l'abbé Des Fontaines). *Paris*, 1735-43, 34 tomes en 33 vol. — Jugements sur quelques ouvrages nouveaux (par le même). *Avignon* (*Paris*), 1744-46, 11 vol. Ensemble 44 vol. in-12, veau br. (*Aux armes du cardinal de Bissy.*)

365. Les Cinq Années littéraires, ou Nouvelles littéraires des années 1748 à 1752, par Clément, 4 vol. demi-rel. — Lettres sur quelques écrits de ce temps (janvier 1749 au 20 avril 1754), par Fréron. *Paris*, 1751-54, 13 vol. veau éc. fil. — L'Année littéraire, ou suite des lettres sur quelques écrits du temps, par Fréron. *Paris*, 1754-59 (manque le 1er vol. de 1758 et les 3 derniers de 1759). 33 vol. veau marbr. Ensemble 50 vol. in-12.

366. Mémoires historiques, politiques et littéraires, par Amelot de la Houssaye. *Amsterdam*, *Châtelain*, 1737, 3 vol. in-12, v. gr. fil. tr. dor.

367. Mémoires secrets pour servir à l'histoire de la République des lettres en France, depuis 1762 jusqu'à nos jours (par Bachaumont). *Londres*, 1784-89, 36 tom. en 18 vol. in-12, bas. (*Reliure uniforme.*)

368. Bibliographie instructive, ou Traité de la connaissance des livres rares et singuliers, par Guill.-Fr. de Bure. *Paris*, 1763-68. — Supplément, ou Catalogue des livres du cabinet de M. Gaignat (avec les prix). *Paris*, 1769. — Table des anonymes. *Paris*, 1782.—Ensemble 10 vol. in-8, veau marbr.

369. Bibliotheca Fayana, seu Catalogus librorum bibliothecæ Hier. de Cisternay Dufay. *Parisiis*, *Martin*, 1725, in-8, portr. veau marbr. (*Prix mss.*)

370. Catalogus librorum bibliothecæ C. H. comitis de Hoym, digestus et descriptus a Gabr. Martin. *Parisiis*, 1738, in-8, veau gr. (*Prix mss.*)

Avec les prix d'estimation.

371. Catalogue des livres de la bibliothèque de feu M. le duc de la Vallière, par Guill. de Bure, fils aîné. *Paris*, 1783, 3 vol. in-8, v. marbr.

372. Bibliothèque orientale, ou Dictionnaire universel contenant généralement tout ce qui regarde la connoissance des peuples de l'Orient, par d'Herbelot. *Maestricht*, 1776, gr. in-fol. v. fau. fil. tr. dor. (*Belle reliure anc.*)

FIN DE LA SECONDE PARTIE.

www.ingramcontent.com/pod-product-compliance
Ingram Content Group UK Ltd.
Pitfield, Milton Keynes, MK11 3LW, UK
UKHW020437180726
13839UKWH00004B/1536